たなごころ　もくじ

カバー・本文イラスト　三重野　睦美

たなごころ

しずかな山

日がくれて
山が、いる。
その大きな背中
ゆうぜんと、ただ
そこにいる。

山は無言に語る
答えより明解に

なぐさめより深く
こちらをふり向かないままに。
問おうと口を開くと
山は
青いりんかくとなり
やみへ消えていった。

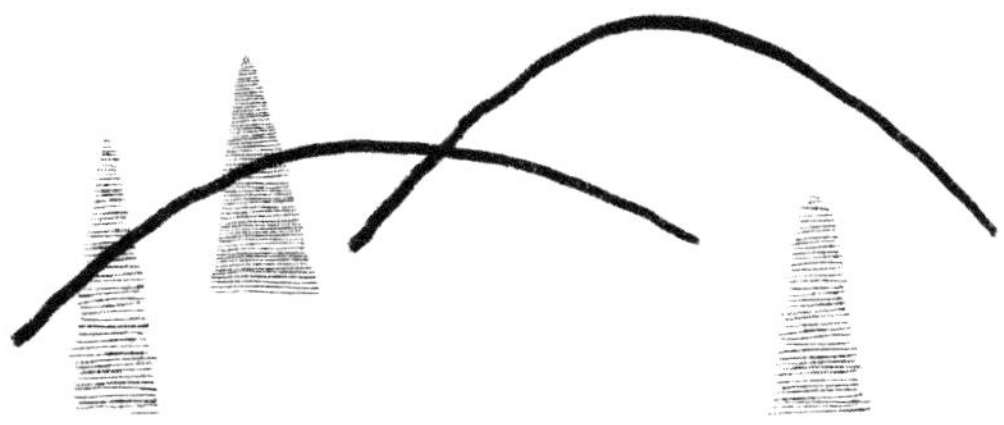

満月

月の夜に
犬とすれちがった

目があい
近づいて
すれちがい

ふりむいて

ためらいながら　またすすんだ
カーンと冷たい
月の夜に

〝不在〟の存在

そこに人がいた
そして今はいない
そしてずっといない

人がいなくなると
そこに、〝不在〟がある

〝不在〟は

その人の形をして
かわらずその席にすわっている

そして大きくなる
日に日に体積をふやし
私にせまってくる

それにおしつぶされるか
それを忘れ去るのか
どちらが早いのか私は知らない

生きていくうちにこの‘不在’はふえていくらしい
これは子供の頃には知らなかったこと

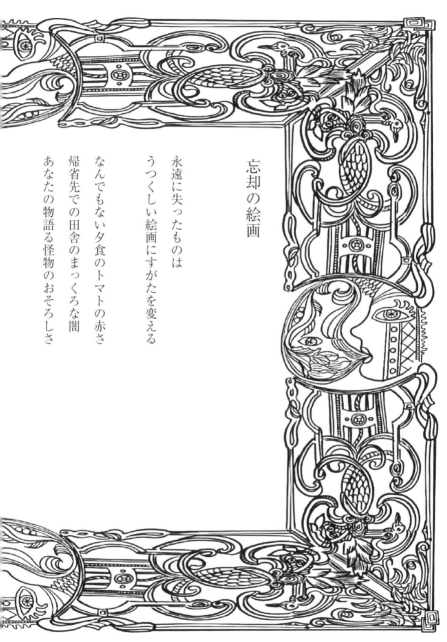

忘却の絵画

永遠に失ったものは
うつくしい絵画にすがたを変える
なんでもない夕食のトマトの赤さ
帰省先での田舎のまっくろな闇
あなたの物語る怪物のおそろしさ

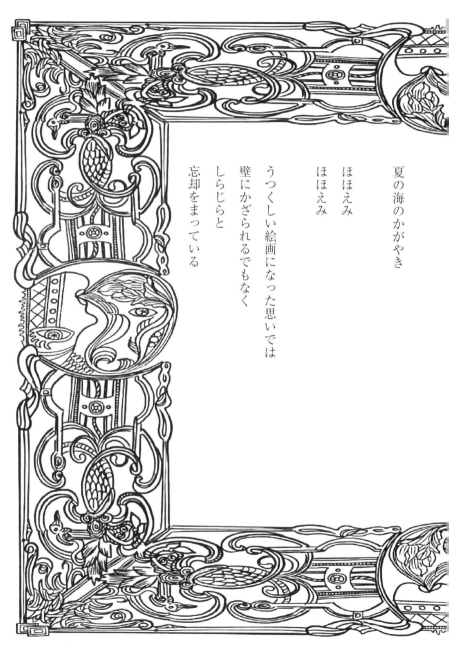

夏の海のかがやき
ほほえみ
ほほえみ

うつくしい絵画になった思いでは
壁にかざられるでもなく
しらじらと
忘却をまっている

（笑）《かっこわらい》によせて

顔も名前もわからない
そんなパソコンの向こうの君が
笑っている、らしい

いるかいないのかさえわからない
そんなユウレイのような君が
笑っている、らしい

ここはインターネットの掲示板
今夜も皆、饒舌《じょうぜつ》だ

よかったね（笑）
そうなんだ（笑）
私はそうは思わない（笑）

微笑なのか、嘲笑なのか
大笑なのか、冷笑なのか

最少のインフォメーション
最少のボキャブラリー

しかし何かを伝えようと
今夜もおびただしい人の魂が
ここに、つどう

（笑）

笑

小さな太陽

私は太陽になろうと思う

昔、私は弱かった
空からふってくる光と熱を
生きる糧として生きていた

しかし光と熱はない
すべては幻想だった

光と熱がないと知ったとき
闇に消えてしまう哀れな惑星だった私

だから私は
自分で燃える太陽になろうと思う

自分のなかで薪を燃やし
自分の光で生きていこう
自分の熱であたたまろう

それがどんなに小さな太陽だとしても
たちまち消え去る灯火だとしても

その光と熱が
大地を暖め
小さな花をさかせる事を信じて

あおい蝶

夕立あけて蝶々を
わたしが車で轢きました
あおい、あおい蝶でした

蝶は車道に飛んできて
かぜにあおられ死にました
わたしの車のその下で

肉は車道にはりついて
つぎつぎ車に轢かれます
二枚のはねだけひらひらと

ひらひら、ひらひら　夏の陽あびて
わたしを呼ぶよに、ひらひらと

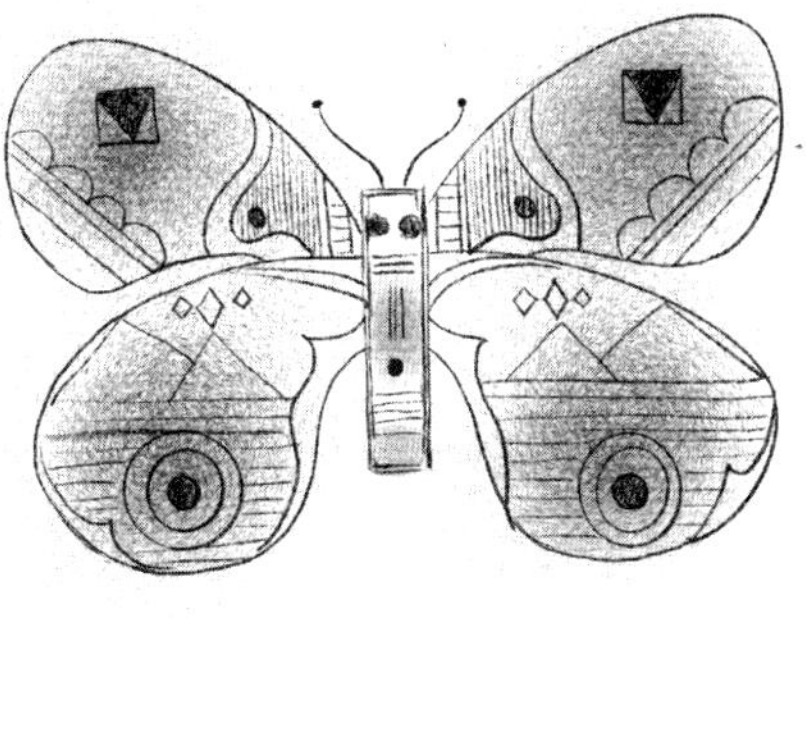

風は

風はふけばいい
雨はふればいい

私はここにいる

傘はない
家はない

しかし私はここにいる

かじかむ手足が
皮膚が
このながびく冬に
慣れるのをまっている

まつことができる
春の陽をあおいだ
あの日のくしゃみを
まだ
覚えているから

気ままな旅人

青い空に、白いものが飛んでいる。
何だ、ビニール袋じゃないか。
あんなつまらないものでも、
誰からもかえりみられなくても、
ふうわり、ふうわりと
楽しそうじゃないか。

気まぐれな風に吹かれて、
猛スピードの車にひかれたり、

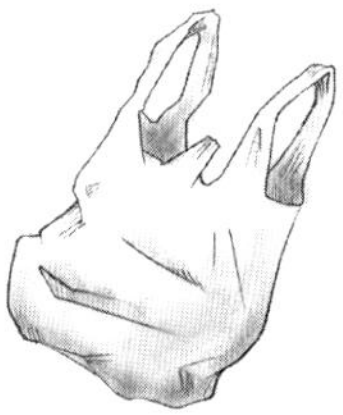

菜の花畑に遊んだり。
これから何処《どこ》へ行くんだい。
君と私はにたもの同士。
いっしょに遊んでいこうじゃないか。

傘をください

わるいことは、雨
なにもしなくとも、ふってくる
とめどもなく、いやおうなく

よいことは、砂
なにもしないと形はないが、じぶんの
手でつくりあげる
城を、言葉を、愛を

ひとつ作っては、雨がくずす
また作っては、雨がさらう

だれか、傘をください
小さな城を作りたいのです

あなたをさいなむ
あなたのこころ

あなたのこころがあたたかいから
こごえたひとのきもちがわかる

こごえたひとはかなしいから
あなたもかなしいなみだをながす

あなたのこころがすきとおっているから
みずうみのそこのくらさがわかる

くらいみずぞこはさみしいから
あなたもさみしいなみだをながす

ともだちがないている
すぐにあなたもなきだす
ほら、もう

あたたかいこころもすきとおったこころもうつくしい
でもそれはあなたをさいなむちゅうしゃのようだ

まいにちちゅうしゃはいたかろう
なみだをふいて
あなたのすきなはなをつみにいこう

中洲のカラス

中洲のカラスはよじれたカラス
川にうつった自分をみている

おまえとおれをとっかえよう
つめたい川におれをすてよう
いたんだバナナの皮のように
チョコレエトの包み紙のように

そいつはやがて
よどんだ川の底に沈むだろう
そして朽ちて消えるだろう
地上で朽ちることといったい何がちがうのか

地上のカラスは
黒い翼をばたつかせ
よどんだ空の上を
飛ぶことにしたらしい

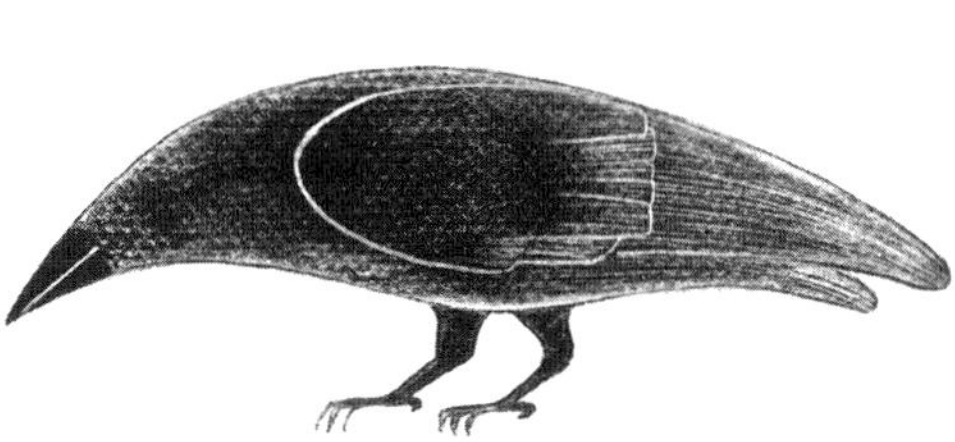

麦秋

左右になだらかにつらなる
耳納連山のふもとに
麦畑があった

きんいろの柔らかい穂先が
風をうけて
いっせいに夢みるようにゆれる

できたての細いこどもの髪が
若い母の手になでられるように
いいんだよ
いいんだよと
ゆれている

いきることの哀しみも
にげきれない運命も
いいんだよ
いいんだよと
ゆれている

風がふく
旅をつづけよう
麦がゆれるから

不滅の熱

緑色の折れ線がフラットになる
無感情な「ピー」という音
命の終わりを知らせる機械が祖父の枕元にあった

あの機械はいつみてもいやじゃのう
と、ときおりテレビに同じ機械が出るたびに
父が言った

祖父は長寿であったが、
父は、祖父の半分の命で去った

祖父を悼む父の心の熱
父を悼む私の心の熱

私もいずれ去る身

祖父の母は、父の半分の命で去った
祖父は、その母の名の一文字を父の名前につけた
母を悼む祖父の心の熱

肉体は消える

熱はどこへ行く

肉体は消える
熱は
後の世に生きる者の記憶に名前に心に
連火となって戻る

不滅の熱
よみがえれ
怒りのように燃えて
忘却を焼き尽くせ

つきとがいとう

かえりみち
つきもかくれた
なこうとおもった
まっくらやみで
なこうとおもった
するとがいとうがちかづいて

わたしのかおをあかるくてらした

てらされてはなけないから
はやあしでとおりすぎ
もいちどあらためて
なこうとおもった

しかしがいとうは
つぎつぎやってくる

やってきてはてらすので
わたしはすこしもなけやしない

なけないから
なかない

なかないで
あるきつづける

もうすぐ
つきもでる

知っている

生きている人の運命や
死んだ人の命は
夜空の星にあると
昔の人は言った

夜のしじまと
夜のやみが
しんぱいや

かなしみや
おもいでを
よみがえらせるのだ

今まで生まれ死んだ
星の数ほどの人々の願い
夜空に向かって乞うた救い

この胸の苦しみも
あの心の哀しみも
ありふれた
星の輝きのひとつ

わたしと同じ苦しみを
あの星が知っている
あなたと同じ哀しみを
あの星が知っている

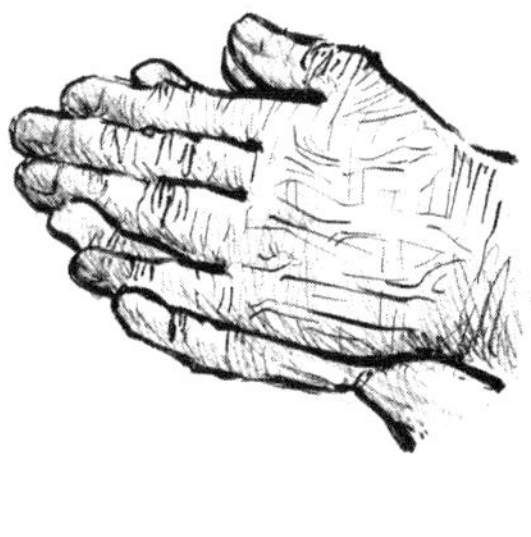

うわばみ

ちいさなへびは
おとなになって
なんでものみこむ
おばけになった

ぐちをのみこむ
うさをのみこむ
ふまんをのみこむ

いかりをのみこむ
のみこんで
のみこんで

はきださないまま
のみこんで
おなかがついに
はちきれた

くるったせみがなってる
かわいたなつのひのはなし

おんがくのはなし

あなたとわたし
音楽の話をしよう

あなたの音楽
言葉なく
自由な身体なく
かたく目をつぶったその暗闇と
混沌の中でうみだされる快楽

それがあなたの音楽

わたしの音楽
孤独を溶かし
傷を癒し
空気を震わす振動と
心ゆさぶる旋律に身をまかせる酩酊
それがわたしの音楽

戸惑いながら私たちは出会った
何をしても心が通い合わなかった
しかし音楽が
やさしい音楽が口からこぼれた瞬間

わたしたちは出会った

あなたはそのやわらかなまぶたを
ゆっくり開いて
そしてわたしを発見した
そしておなじうたを歌ったのだ
その口元には春のような笑みさえ浮かべて

あなたとわたし
音楽の話をしよう
言葉ではなく
手拍子とさえずりで

あと何年

カウントアップはできるけど
カウントダウンはできない
私の持ち時間

平均でいくと
ちょうど半分くらい
あと何年？

坂本竜馬よりは多い
父よりは少し少ない
百年の人もいれば
零年の人もいる
私の持ち時間は
あと何年？

これまでの時間は
あまりに　はかなく過ぎた
これからの時間は
あまりに　なにも見えない
まるで目隠しをしているように

ままよ目隠ししたまま走り出そう
あと戻りできないのなら

先はお花畑か
崖なのか
かまわず走れ
全速力で

おんながほんをよむ

まよなかに
ほんをよむ

ねむれぬおんなが
まよなかに
ほんをよむはなし

ゆうめいながいこくのほんを

よむおんなの
ほんをよむ
わたしの
かたわらに
ブランデー

ブランデー
の　かたわらに
おっとのねいきをききながら
ほんをよむ
おんなの
はなし

を　よむわたしは
ひとり

ひとりで
ブランデーをのむ
まよなかに
ほんをよむ

くれゆく海

くれゆくは玄界灘

空はやさしい赤だったのに
海はさみしい青だったのに

またたくまに
ゆめのように

空は
まるで今日の情熱を悔やむように紅く
海は
まるで夜の絶望に落ちるように黒くなる

遠くに見える街の灯が
欲深い悪魔のようにまたたく

潮騒だけが
変わらない歌を唸る

鳥も飛ばない

皆が黒くなる

夜が

来る

かくれんぼ

もういいかい
もういいよ
こえはするけど
あっちゃん　いない
もういいかい
もういいよ

くすくす　わらう
いっちゃん　いない

もういいよ
もういいよ

あたしは　ひとり
さくらの　きのした
ながい　かげぼうしが
あたしに　いう

まあだだよ
まあだだよ

かあさんと　かえった
うっちゃん　いない

はしって　かえる
えっちゃん　いない

あたしは　ひとり
さくらの　きのした
あたしの　うちは

どこだっけ

まあだだよ
まあだだよ

すっかり　くれて
かげぼうしも　もういない

まあだだよ
まあだだよ

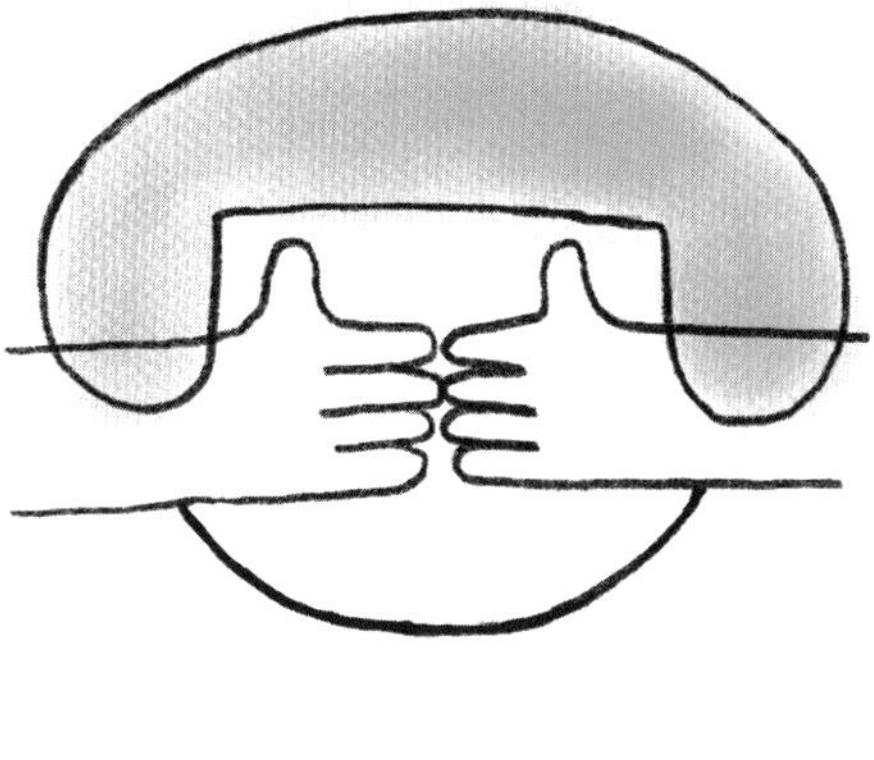

ひなの目

真円の黒黒とした瞳
そのまわりのあおみがかった
透き通るような白
少しカールした濃いまつげ
ひとはけ筆でなでたようなまゆげ

みつめている　空を
みつめている　花を

その瞳は
わたしの見ないものを見るだろう
世界は混迷を極めている
自然は怒り狂っている

その瞳は
わたしのしらない涙を流すだろう

みつめている　教科書を
みつめている　わたしを

お願いがあります
その目をとじて

両手でふさごう　その両目を
うまれたてのひなをつつみこむように

あなたのその美しい目が
美しい世界を見られる日まで

O sole mio

外の空気が黒いから
花と一緒に帰ってきた
サニーで３８０円
あかいチューリップ

黒い空気で咳が出る
咳で不安が拡散する
不安で世界が停止する

窓をぴったりしめて
カーテンを開けよう

外は晴天
あなたのあかが輝く

O sole mio
私の太陽

どんなに暗い世界でも
私の太陽は輝く

O sole mio
私の希望

どんなに暗い未来でも
花の愛は世界を照らす

ははは

ははは
わらいが
でるのが
おかしいね

こはは
はわは
ははい

はかは
らはは
はわは
ははら
はうは
よはは

かくれた
きもちは
千の刃

は

あなたのはが
白くひかった

はははー
はーはー
よーー

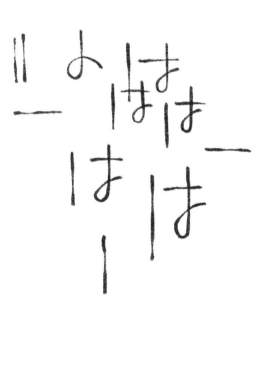

でぃすたんす

ふかいふかい
みなぞこに
しずんでいくよ

おとがきこえない
かんかくがない
あなたのこえが
きこえない

ここは
コロナの沼
ひとりひとりが
とおいでぃすたんすに
はなされて
しずんでいくよ

くらいくらい
みなぞこは
すこしここちよい

あつくもなく

さむくもなく
いそがしくもなく
うるさくもなく

じぶんがともだち
ふあんがともだち

しずんでいくよ
はなれていくよ

なにかとてもたいせつな
ねつをはなつ
いのちのみなもとから

ふかいふかい
みなぞこに
しずんでいく

ひとりひとり
でぃすたんすに
はなされて

とおくとおく
ねつをはなつ
いのちのみなもとから

あしたのかたち

きのうはうごかない
きょうはうごく
おとといはうごかない
あしたはうごく
うしろをふりむくと
うごかない

どうぞうたちが
せいぜんとならんでいる

あれは　かこ　のわたし
ざんねんなこと
はずかしいこと
しっぱいばかりのわたしたち
かたちをかえようにもかえられない
さけびながらこわそうとおもったけど
びくともしない

まえをむくと
ひとかたまりのつちが

おかれている

ちょうどわたしとおなじ
しつりょうのつちのかたまり
まだやわらかい

きょうつくるわたしは
どんなかたち

いくらでもうごく
やわらかい　つち　のかたまりは
ぬめりをおびてすこしあたたかい

おやゆびでおすと
おやゆびのかたちで
ずぶりと　へこむ

ああ　じんせいよ
ありがとう

めをつぶって　つくる
きょうの
あしたの
わたしのかたち

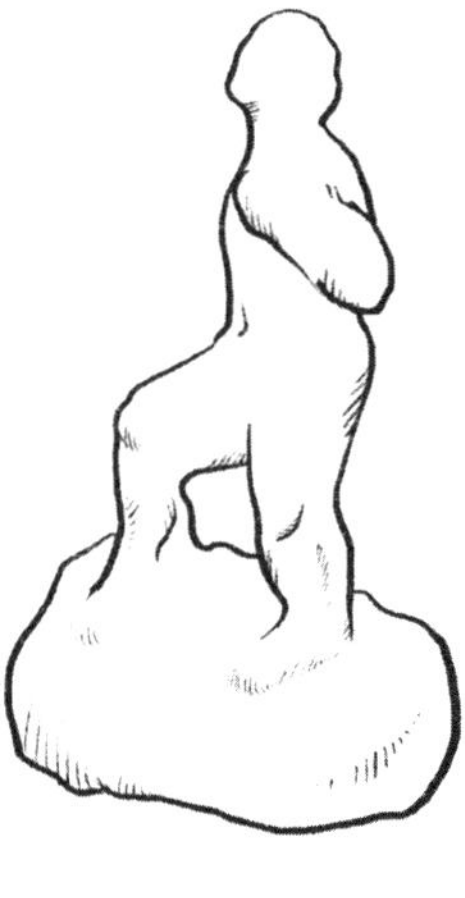

シナモン

よふけのシナモン
あたためた豆乳
夜の底にこぼした
わたしのしずく

画鋲
ポストカード

壁からはがれた
あなたのかけら

きりはなされた世界から
だれかが
わたしをよんでいる

赤子の私の名を
子どもの私の名を
少女の私の名を
女の私の名を

よびかえそうとして
あなたの名をおもいだせない

そんなにながいあいだ
会っていなかったんだね
そんなにとおいきょりを
へだてていたんだね

豆乳がさめている
床を這って
かけらをひろいあつめる

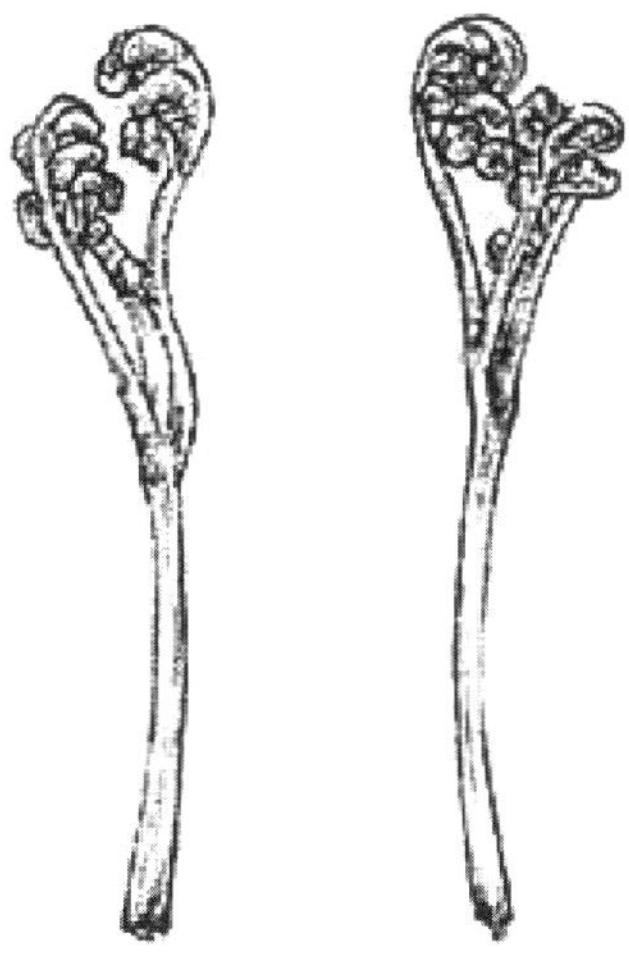

消失点

二本の線の先に
消失点がある
その点がつらぬくのは
私の心臓
二本の線を抱いて
私の心臓が波打つ

消失する点
生きているわたし

消失する世界
うまれゆく命

たたかいが
いのちをうばう

消失点が
いつまでものびていく
のびていく

天神　キリンの群れ

今天神は
キリンが繁殖している

空高く首を伸ばした
クレーンよ
新しい街をつくる

古い建物を食み
古い思い出を食み
高く　高く　空に向かって首をのばす

黒田さんがみている
大名さんらもみている

いくさでなんにもなくなっても
えんやこら　うまれた
岩田屋　大丸　新天町
マツヤレディス　天神コア

無数のキリンは少女のキリン
どんなことでもコロコロわらう
食べる　装う　知る　遊ぶ
オトナのいうことなんかききません
うれしはずかしコロコロわらう
ワタナベ君ってちょっとよくない？

首を伸ばし
両手を掲げ
無数のキリンよ
未来をつかめ

豊葦原瑞穂国《とよあしはらみずほのくに》

吹く風　頬に強く
金の稲穂が輝く
照る陽　額に熱く
萌ゆる稲穂が笑う
ここは豊葦原瑞穂国

舞い狂う娘のくるぶしが色づくとき
鳴る太鼓　いよよ烈しく
豊作を祈る祭りは続く
昏き海が　熱き太陽をのみこむまで
ここは豊葦原瑞穂国

風がびょうと吹けば
鳶がひょうと飛ぶ
見渡す限りの金の稲穂
風にふかれて
あちらで　佳きかな
こちらで　佳きかなと
豊作の歌をうたっている

風が問う　ここはいづこや
八百万の声　応えて曰く
ここは日出る国
豊葦原瑞穂国

あとがき

あれは、中学校の国語のテスト。

詩の問題で「けしきがあかるくなってきた」という文がありました。

それを私が「あたたかい春の日に」と書きました。

テストを返すときに先生が、みんなの前で「このことばに春を感じた人がいる。とてもいいことだと思う」と言いました。

これが、私の詩との出会いだと思います。


詩を書くことで、私の時間はとても豊かなものになりました。

たくさんの人と出会いました。

私の詩を読んでくれた人。詩を書く人。詩を書かない人。詩を書いた、もういない人…。

そしてたくさんの人と出会うでしょう。

私の詩を読んでくれる人。詩を書く人、書かない人。これから詩を書くであろう、まだ見ぬ人…。

人生百年時代。私はその半分に行きつきました。
百まで生きるかは分かりませんが、丁度中間地点として、この「たなごころ」を上梓します。

むずかしいことは分かりません。
でも、日々なにかを感じ、それをことばにつむぎ、それを誰かが受け取る。
時間を超え、距離を超え、こころの深いところで通じ合う。
その奇跡、その無限の不思議、そしてその幸福を胸に、これからも書き続けます。

「ことば」という一瞬のいのちの灯が
誰かのこころに届いて、音楽のように響きあう
そのかすかな音色を楽しみながら。

二〇二四年　四月　　　　　　　　　　　　　　　　三重野　睦美

＊初出一覧

しずかな山	福岡市民芸術祭賞受賞　文芸部門　1999
満月	福岡市民芸術祭　文芸部門　佳作　1997
‘不在,の存在	パルナシウス　No.120　2000/ 9
忘却の絵画	パルナシウス　No.121　2000/12
(笑) によせて	パルナシウス　No.124　2001/ 9
小さな太陽	パルナシウス　No.126　2002/ 3
あおい蝶	パルナシウス　No.133　2003/12
風は	パルナシウス　No.135　2005/ 6
気ままな旅人	パルナシウス　No.142　2006/ 3
傘をください	パルナシウス　No.151　2008/ 6
あなたをさいなむ あなたのこころ	GAGA　No.52　2011/12
中洲のカラス	GAGA　No.55　2012/12
麦秋	GAGA　No.57　2013/ 8
不滅の熱	GAGA　No.62　2015/ 5
つきとがいとう	GAGA　No.64　2015/12
知っている	GAGA　No.65　2016/ 5
うわばみ	GAGA　No.66　2016/ 8
おんがくのはなし	GAGA　No.67　2016/12
あと何年	GAGA　No.69　2017/ 9
おんながほんをよむ	GAGA　No.70　2017/12
くれゆく海	GAGA　No.73　2018/12
かくれんぼ	GAGA　No.74　2019/ 5
ひなの日	GAGA　No.76　2019/12
O　sole　mio	GAGA　No.77　2020/ 5
ははは	GAGA　No.78　2020/ 8
でぃすたんす	GAGA　No.79　2020/12
あしたのかたち	GAGA　No.81　2021/ 8
シナモン	GAGA　No.82　2021/12
消失点	GAGA　No.83　2022/ 5
天神　キリンの群れ	福岡文化連盟　アートビエンナーレ 2022
豊葦原瑞穂国	福岡文化連盟　藝術舞台 2023

著者略歴

三重野《みえの》 睦美《むつみ》

福岡市東区在住

所属　福岡文化連盟

　　　福岡県詩人会

　　　同人誌「GAGA」

1999年　福岡市民芸術祭　芸術祭賞受賞

2019年『ちがうものをみている

　　　　特別支援学級のこどもたち』（石風社）

詩集　たなごころ

２０２４年４月30日発行

著　者　三重野　睦美

発行者　田村　志朗

発　行　㈱梓書院

〒８１２－００４４

福岡市博多区千代３－２－１

電話０９２－６４３－７０７５

印刷・製本／青雲印刷

ISBN978-4-87035-759- 4